LES JOYEUSES

HISTOIRES

DE NOS PÈRES

X

Paris. — Soc. d'Imp. PAUL DUPONT (Cl.)

LES JOYEUSES
HISTOIRES
DE NOS PÈRES

Mieux est de ris que de larmes écrire,
Parce que rire est le propre de l'homme.

RABELAIS

X

DOUBLE INTRIGUE — LE CONTE DU CHANCRE
LA CULOTTE DES CORDELIERS — RUSE POUR RUSE
ANECDOTES

PARIS

CHEZ TOUS LES LIBRAIRES

Droits réservés

I

DOUBLE INTRIGUE

'AVAIS chargé mon vieil ami M. de Bragadin de demander pour moi la main de la jeune et belle Graziella C..., qui, depuis un mois, était devenue ma maîtresse, mais que j'étais décidé à conduire à l'autel. Malheureusement le père de Graziella, qui tenait à ses idées, avait promis de ne la marier qu'à dix-huit ans, et elle en avait juste quinze. Les démarches de M. de Bragadin furent en effet inutiles : M. C..., pour toute réponse, fit passer sa fille dans un monastère, et je me trouvai brusquement séparé de celle que je considérais comme ma femme tout aussi bien que si nous avions eu la sanction d'un prêtre et le contrat d'un notaire.

J'avais l'esprit à la torture. Cherchant de la dissipation, je jouais, et, jouant avec distraction, je perdis. J'avais vendu tout ce que je possédais et je devais partout. Je me trouvais dans la situation la plus propre au suicide, et j'y pensais en me rasant devant une glace, quand un domestique entra dans ma chambre avec une femme qui m'apportait une lettre. Cette femme s'approche, et, me présentant la lettre :

— Êtes-vous, me dit-elle, la personne à qui elle s'adresse ?

Je vois l'empreinte d'un cachet que j'avais donné à Graziella ; je crus tomber mort. Pour me calmer, je dis à la femme d'attendre, pensant à finir de me raser ; mais la main me refusait son ministère. Je pose le rasoir, et, tournant le dos à la porteuse, je décachette la lettre et je lis ce qui suit :

« Avant d'écrire en détail, je dois m'assu-
» rer de cette femme. Je suis en pension
» dans ce couvent, très bien traitée, et je
» jouis d'une santé parfaite, malgré le trou-
» ble de mon esprit. La supérieure a ordre
» de ne me laisser voir personne et de ne
» me permettre aucune correspondance avec
» qui que ce soit. Cependant je suis déjà
» sûre de pouvoir t'écrire malgré la défense.
» Je ne doute pas de ta foi, mon cher époux,
» et je suis certaine que tu ne douteras
» jamais d'un cœur où tu règnes tout entier.
» Compte sur mon empressement à faire
» tout ce que tu m'ordonneras, car je suis
» à toi et à toi seul. Réponds-moi peu de
» mots jusqu'à ce que nous soyons sûrs de
» notre messagère.

« De Muran, le 12 juin »

Cette jeune personne était devenue sa-
vante en morale en moins de trois semaines;

mais elle avait eu l'amour pour précepteur,
et l'amour seul fait des miracles.

Je demandai à cette femme si elle savait
lire.

— Ah! monsieur, si je ne le savais pas,
je serais bien à plaindre. Nous sommes sept
femmes destinées au service des saintes religieuses de Muran. Chacune de nous vient
à son tour à Venise une fois par semaine ;
j'y viens tous les mercredis, et, d'aujourd'hui
en huit, je pourrai vous apporter la réponse
de la lettre que, si vous voulez, vous pouvez
écrire actuellement.

— Vous pouvez donc vous charger des
lettres que les religieuses veulent vous confier ?

— Cela n'entre pas dans nos conventions;
mais, la plus importante des commissions
qu'on nous donne étant la remise fidèle des
lettres, on ne voudrait pas de nous si nous
n'étions pas en état de lire l'adresse de celles
dont nous sommes chargées. Les religieuses
veulent être sûres que nous ne donnerons

pas à Pierre la lettre qu'elles écrivent à Paul.
Vous me verrez donc d'aujourd'hui en huit,
à la même heure ; mais donnez ordre qu'on
vous réveille, si vous dormiez, car on nous
mesure le temps au poids de l'or. Soyez
surtout bien sûr de ma discrétion tant que
vous aurez affaire à moi ; car, si je ne savais
pas me taire, je perdrais mon pain, et alors
que ferais-je, veuve avec quatre enfants, que
vous pourrez voir quand vous viendrez à
Muran ! Soyez sûr de moi ; fiez-vous har-
diment à ma discrétion.

Je me mis de suite à répondre à ma chère
recluse, avec l'intention de ne lui écrire que
quelques lignes, comme elle me le recommandait ; mais je n'avais pas assez de temps
pour lui écrire si peu. Ma lettre fut un ver-
biage de quatre pages. Je lui disais que la
sienne m'avait sauvé la vie et je lui deman-
dais si je pouvais espérer la voir. Je lui man-
dais que j'avais donné un sequin à la porteuse, qu'elle en trouverait un autre sous le
cachet de la lettre et que je lui enverrais

tout l'argent dont elle pourrait avoir besoin. Je lui insinuais qu'elle devait employer tout son esprit à se faire aimer des religieuses et des pensionnaires, sans cependant leur faire aucune confidence ni montrer aucun mécontentement qu'on l'eût mise au couvent.

Après avoir cacheté ma lettre de manière à ce que le sequin sous la cire fût indevinable, je récompensai la femme en l'assurant que je continuerais à la récompenser de même, chaque fois qu'elle m'apporterait une lettre de mon amie.

* *

Ma première pensée, après le départ de la messagère, fut de trouver le moyen de bien passer les sept jours après lesquels je devais recevoir la seconde lettre. Il n'y avait que le jeu qui pût me distraire, et tout le monde était à Padoue. Je fais faire ma malle, et je la fais porter de suite au burchiello qui allait partir.

Dès mon arrivée, je me masque et je vais
à l'Opéra, où, m'étant assis à une table de
pharaon, je perdis tout mon argent. La fortune continuait à me faire voir qu'elle n'est
pas toujours d'accord avec l'amour, mais
une lettre de mon amie me consola.

Graziella me marquait qu'elle croyait la
porteuse discrète et fidèle, et qu'elle pensait
qu'elle le serait toujours, car elle était pauvre et nos sequins étaient une petite fortune
pour elle. Elle me disait plaisamment que
la plus belle de toutes les religieuses du couvent l'aimait à la folie, qu'elle lui donnait
deux fois par jour des leçons de langue fran-
çaise et qu'elle lui avait défendu amicale-
ment de lier connaissance avec les pensionnaires.

Cette religieuse n'avait que vingt-deux
ans; elle était belle, riche et généreuse;
toutes les autres lui témoignaient beaucoup
d'égards.

— Quand nous sommes seules, me disait
mon amie, elle me donne des baisers si

tendres que tu en serais jaloux, si elle n'était pas femme.

Quant au projet d'enlèvement, elle me disait qu'elle n'en croyait pas l'exécution difficile, pourtant que la prudence devait nous conseiller d'attendre qu'elle eût pu m'informer exactement des localités qu'elle ne connaissait pas encore suffisamment. Elle me recommandait la fidélité comme garant de la constance, et elle finissait par me demander mon portrait en bague, mais avec un secret qui ne fût connu que de nous. Elle me disait que je pourrais lui faire tenir ce bijou par sa mère qui se portait bien et qui aurait été enchantée de notre mariage. « Au reste, ajoutait-elle, j'espère me trouver dans quelques mois dans un état à scandaliser le couvent si l'on s'obstine à vouloir m'y retenir. »

Je finissais ma réponse quand notre vieille messagère revint pour la prendre. Après lui avoir donné le sequin promis, je lui remis un paquet avec de la cire d'Espagne, du papier, des plumes et un briquet, qu'elle me promit de remettre à ma belle. Mon amie lui avait dit que j'étais son cousin, et elle faisait semblant de le croire.

Je passai tout le lendemain à me faire peindre en miniature par un habile Piémontais, qui gagnait beaucoup d'argent à Venise. Dès que mon portrait fut achevé, il me peignit une jolie sainte Catherine de la même grandeur, et un Vénitien, habile bijoutier, me fit la bague supérieurement bien. On ne voyait dans le chaton que la sainte, mais un point bleu presque invisible sur l'émail blanc qui l'entourait répondait au ressort qui faisait paraître mon portrait, ce qu'on obtenait en pressant ce point bleu avec la pointe d'une épingle.

Suivant l'instruction que Graziella m'avait donnée, je fus un beau matin me poster dans un endroit d'où je pouvais voir sa mère entrer dans l'église. J'y entrai après elle et, m'étant mis à genoux à ses côtés, je lui dis que j'avais besoin de lui parler; elle me suivit dans le cloître. Après avoir tâché de la consoler et lui avoir assuré que je me conserverais inviolablement à sa fille, je lui demandai si elle allait la voir.

— Je compte, me dit-elle, aller embrasser cette chère enfant dimanche, et je lui parlerai de vous, ce qui lui fera un grand plaisir; mais je suis au désespoir de ne pouvoir vous dire où elle est.

— Je ne veux pas que vous me le disiez, ma bonne mère; mais permettez-moi seulement de vous prier de lui remettre cette bague. C'est l'image de sa patronne, lui dis-je, et vous devez l'engager à la porter toujours à son doigt; qu'elle lui adresse chaque jour ses prières, car, sans sa protection, elle ne pourra jamais devenir ma femme. De mon côté, dites-lui que je m'adresse à saint Jacques en récitant un *credo*.

Enchantée de mes pieux sentiments et ravie de pouvoir inspirer à sa fille cette nouvelle dévotion, la bonne femme me promit de faire ce que je désirais. Je la quittai alors

en lui remettant dix sequins, que je la priai
de faire agréer à sa fille pour ses petits
besoins. Elle s'en chargea en m'assurant que
son père avait soin qu'elle ne manquât pas
du nécessaire.

La lettre qu'elle m'écrivit le mercredi suivant était l'expression du sentiment le plus
tendre et le plus vif. Elle me disait que, sitôt
qu'elle était seule, rien n'était plus prompt
que la pointe de l'épingle qui faisait faire la
culbute à la sainte en présentant à ses avides
baisers les traits chéris de l'être qui était tout
pour elle.

— Je ne cesse pas de te baiser, me disait-
elle, lors même que quelque religieuse me
surprend, car, lorsqu'elle s'approche, je n'ai
qu'à faire tomber le couvercle, et ma bonne
sainte cache tout. Les religieuses sont toutes
édifiées de ma dévotion et de la confiance
que je témoigne en la protection de ma
bienheureuse patronne qui, à ce qu'elles
disent, est tout à fait mon portrait.

Ce n'était qu'une belle figure d'imagina-

tion; mais ma chère petite femme était si
belle que la beauté lui ressemblait toujours.
Elle me disait que la religieuse qui lui ensei-
gnait le français lui avait offert cinquante
sequins de la bague à cause de la ressem-
blance du portrait de la sainte, mais non
par amour pour sa patronne dont elle se
moquait en lisant la vie. Elle me remerciait
des dix sequins que je lui avais envoyés; car,
sa mère les lui ayant remis devant plusieurs
religieuses, elle se voyait en état de faire
quelques dépenses sans éveiller la suscepti-
bilité ni les soupçons de ces nonnes jaseuses
et curieuses. Elle aimait à faire de petits
présents aux pensionnaires, et cela la mettait
à même de satisfaire ce goût innocent.

— Ma mère, concluait-elle, m'a fait le plus
bel éloge de ta piété; elle est enchantée de
te voir aussi dévot.

Pendant quatre ou cinq semaines, il ne
fut question dans ses lettres que de la sainte
Catherine qui la faisait tressaillir de peur,
chaque fois qu'elle était obligée de la confier

à la curiosité mystique de quelques vieilles recluses, qui, pour mieux la voir avec leurs lunettes, l'approchaient à deux doigts de leurs yeux et frottaient sans cesse l'émail.

— Je tremble, me disait-elle, qu'elles ne viennent par hasard à presser l'imperceptible bouton, et, que ferais-je si ma sainte sautant allait offrir à leurs regards une figure divine, mais qui n'a pas du tout l'air d'un saint.

.·.

Je n'avais d'autre plaisir que celui de recevoir tous les mercredis une lettre de ma chère recluse, qui m'encourageait à l'attendre, au lieu de m'engager à l'enlever. La vieille messagère m'assurait qu'elle était devenue plus belle, et je mourais d'envie de la voir. L'occasion s'en présenta bientôt, et je ne la laissai pas échapper. Il devait y avoir une prise d'habits, cérémonie qui attire toujours beaucoup de monde. Les religieuses recevant alors beaucoup de visites, il était

probable que les pensionnaires seraient également au parloir. Je ne courais aucun ris-
que d'être, ce jour-là, plus remarqué que tout
autre, car je me trouverais confondu dans la
foule. Je m'y rendis donc sans en rien dire
à Laure et sans en prévenir ma chère petite
femme, et je crus tomber à la renverse en la
découvrant à quatre pas de moi attentive à me
considérer avec une sorte d'extase. Je la
trouvai grandie et formée, et il me sembla
qu'elle était plus belle qu'auparavant. Je n'eus
des yeux que pour elle; elle n'en eut que
pour moi, et je fus le dernier à quitter ce
lieu qui, ce jour-là, me parut être le temple
du bonheur.

Trois jours après, j'en reçus une lettre.
Elle m'y peignait avec tant d'ardeur le plaisir
que lui avait procuré ma présence que je
songeai à l'en faire jouir le plus souvent possible. Je lui répondis de suite qu'elle me
verrait à la messe de son église tous les jours
de fête. Cela ne me coûtait rien. Je ne la
voyais pas, mais je savais qu'elle me voyait,

et son plaisir rendait le mien parfait. Je ne
pouvais rien craindre, car il était presque
impossible que l'on pût me reconnaître dans
cette église qui n'était fréquentée que par
des bourgeois et des bourgeoises de Muran.

Après avoir entendu deux ou trois messes,
je prenais une gondole de trajet, dont le
barcarol ne pouvait avoir aucune curiosité
de me connaître. Cependant je me tenais sur
mes gardes, car je savais que l'intention du
père de Graziella était qu'elle m'oubliât, et
j'étais certain qu'il l'aurait conduite Dieu
sait où, s'il avait eu le moindre soupçon que
je susse où elle était.

Je raisonnais ainsi dans la crainte de ne
pouvoir plus avoir aucune correspondance
avec mon amie; mais je ne connaissais pas
encore le caractère et la finesse des saintes
filles du Seigneur. Je ne croyais pas non
plus que ma personne eût quelque chose de
remarquable, au moins pour un couvent;
mais j'étais encore novice sur la curiosité
des femmes et surtout sur celle des cœurs

oisifs : j'eus bientôt occasion de m'en convaincre.

Je n'avais fait ce manége que pendant un
mois ou cinq semaines, quand ma chère Graziella m'écrivit d'un style plaisant que j'étais
devenu l'énigme de tout le couvent, tant des
pensionnaires que des religieuses, sans en
excepter les plus vieilles. Tout le chœur
m'attendait à la minute : on s'avertissait quand
on me voyait entrer et prendre l'eau bénite.
On remarquait que je ne regardais jamais
la grille derrière laquelle devaient être toutes
les recluses ni aucune femme qui entrât ou
sortît de l'église. Les vieilles disaient que je
devais avoir quelque grand chagrin, dont je
n'espérais me délivrer que par la protection
de leur sainte Vierge ; et les jeunes disaient
que je devais être mélancolique ou misan-
thrope.

Ma chère femme, qui en savait plus que
les autres et qui n'en était pas aux conjec-
tures, s'amusait beaucoup et m'amusait à me
raconter tout cela. Je lui écrivis que, si elle

craignait que je pusse être connu, je cesserais d'y aller. Elle me répondit que je ne saurais lui imposer de plus douloureuses privations et qu'elle me priait de continuer. Je crus pourtant devoir m'abstenir d'aller chez la vieille messagère, car il aurait été possible que ces commères embéguinées parvinssent à le savoir et découvrissent par là beaucoup plus qu'il n'était convenable qu'elles sussent. Mais ce genre de vie, qui me desséchait, ne pouvait pas durer longtemps. D'ailleurs, j'étais né pour avoir une maîtresse et pour vivre heureux avec elle. Ne sachant que faire, je jouais et je gagnais presque toujours; malgré cela, l'ennui me faisait maigrir à vue d'œil.

Le jour de la Toussaint de 1753, au moment où, après avoir entendu la messe, j'allais monter dans une gondole pour retourner à Venise, je vis une femme qui, en passant près de moi, me regarda et laissa tomber une lettre.

Je la ramasse, et j'aperçois la femme qui.

m'ayant vu en possession de la missive,
continue tranquillement son chemin. La
lettre était sans adresse et le cachet représen-
tait un nœud coulant. Je me hâte d'entrer
dans la gondole, et dès que je fus au large,
brisant le cachet, je lus ce qui suit :

« Une religieuse, qui, depuis deux mois et
demi, vous voit tous les jours de fête à son
église, désire faire votre connaissance. Une
brochure que vous avez perdue et que le
hasard a fait tomber entre ses mains, lui
fait croire que vous parlez le français; mais,
si vous le préférez, vous pouvez lui répondre en italien, car elle désire surtout de la
clarté et de la précision. Elle ne vous invite
pas à la faire appeler au parloir, parce
qu'avant que vous vous mettiez dans la nécessité de lui parler, elle veut que vous la
voyiez, et, pour cela, elle vous indiquera une
dame que vous pourrez accompagner au
parloir. Cette dame ne vous connaîtra pas
et ne sera point par conséquent dans l'obli-

gation de vous présenter, si, par hasard, vous ne voulez pas être connu.

« Si vous croyez que cette manière de faire connaissance ne soit pas convenable, la religieuse vous indiquera un casino à Muran où vous la trouverez seule à la première heure de la nuit tel jour que vous lui marquerez. Vous pourrez rester à souper avec elle, ou vous en aller un quart d'heure après, si vous avez affaire ailleurs.

« Aimeriez-vous mieux lui donner à souper à Venise? Fixez-lui le jour, l'heure nocturne et le lieu où elle doit se rendre, et vous la verrez masquée, sortir d'une gondole ; soyez seulement seul sur le rivage, masqué et une lanterne à la main.

« Je suis certaine que vous me répondrez et que vous devinez l'impatience avec laquelle j'attends votre réponse ; ainsi, je vous prie de la remettre demain à la même femme qui vous aura fait tenir cette lettre ; vous la trouverez une heure avant midi dans l'église *de Saint-Cancian au premier autel à main droite.*

« Songez que, si je ne vous supposais pas le cœur noble et l'esprit élevé, je ne me serais jamais déterminée à une démarche qui pourrait vous faire porter sur ma personne un jugement défavorable. »

Le ton de cette lettre, que je copie mot pour mot, me surprit plus que la chose même. J'avais des affaires, mais je quittai tout pour aller m'enfermer et répondre. La démarche annonçait une folle, mais j'y trouvais une sorte de dignité et une singularité qui m'y attachaient. Il me vint dans l'idée que la religieuse pouvait être la même que celle qui donnait des leçons à mon amie. Elle me l'avait peinte belle, riche, galante et généreuse : ma chère femme pouvait avoir commis quelque indiscrétion : mille idées me passaient par la tête ; mais je rejetais toutes celles qui n'étaient pas favorables à un sujet qui me souriait. D'ailleurs, mon amie m'avait

écrit que la religieuse qui lui donnait des leçons de français n'était pas la seule qui
parlât cette langue. Je n'avais aucun motif
pour supposer que, si Graziella avait fait
quelque confidence à son amie, elle ne m'en
eût pas fait part. Malgré cela, la religieuse
qui m'écrivait pouvait être la belle amie de
ma petite femme, comme elle pouvait être
toute autre; et cette possibilité me mettait
passablement dans l'embarras. Voici ce que
je crus pouvoir écrire sans me compro-
mettre :

« Je vous réponds en français, madame,
espérant que ma lettre aura la clarté et la
précision dont vous me donnez l'exemple.
Devant répondre sans savoir à qui, vous
sentez qu'à moins d'être un fat, je dois ap-
préhender une mystification, et l'honneur
m'oblige à me tenir sur mes gardes.

« Si vous m'avez cru digne de parvenir à
l'honneur de vous connaître personnellement,
quoique vous n'ayez vu me juger que sur

l'apparence, je me crois dans l'obligation de vous obéir.

« Des trois moyens que vous avez eu la bonté de m'offrir, je n'ose choisir que le premier, avec la restriction que votre esprit pénétrant m'a suggérée. J'accompagnerai au parloir une dame qui ne me connaîtra pas et qui, par conséquent, ne pourra point me présenter. »

Je me rendis au lieu indiqué, où, ayant trouvé le mercure femelle, je lui remis ma lettre et un sequin, et je lui dis que, le lendemain, je me rendrais au même endroit pour y prendre la réponse. Je n'y manquai pas, et je l'y trouvai. Dès qu'elle m'aperçut, elle vint à moi, me remit le sequin que je lui avais donné la veille, et une lettre, en me priant d'aller la lire et de revenir lui dire si elle devait attendre une réponse. J'allai lire la lettre, dont voici copie :

« J'écris à la comtesse de S... ce que je vous prie de lire dans le billet ci-joint.

*Veuillez le cacheter avant de le lui remettre.
Vous irez chez elle à votre commodité. Elle
vous donnera son heure et vous l'accompa-
gnerez ici dans sa gondole. La comtesse ne
vous fera pas la moindre question. Vous
apprendrez mon nom, et vous serez libre de
venir en masque me demander quand il vous
plaira, en me faisant appeler de la part de
la comtesse. Si le choix de celle-ci vous
plaît, dites à la fille que vous n'avez point
de réponse à me faire. »*

Le choix me plaisait. Sans la curiosité, je
n'aurais certainement fait aucune démarche;
mais je voulais voir la contenance que ferait
une nonne qui m'avait offert de venir souper
avec moi à Venise. J'étais, au reste, très surpris de la liberté dont jouissaient ces saintes
vierges et de la facilité qu'elles avaient à
violer leur clôture.

A trois heures, je me rendis chez la comtesse, et, lui ayant fait tenir mon billet,
elle vint et me dit que je lui ferais plaisir

de passer le lendemain à la même heure.

Le lendemain, c'était un dimanche. Je ne manquai pas d'aller à la messe, vêtu et coiffé avec élégance, et déjà infidèle en imagination à ma chère Graziella. L'après-midi, je me remets en masque, et je vais chez la comtesse qui m'attendait. Nous arrivons au couvent sans avoir parlé d'autre chose que du beau temps dont nous jouissions. Arrivés à la grille, elle fait appeler Marie M... Ce nom m'étonna, car celle qui le portait était célèbre. On nous fit entrer dans un petit parloir, et quelques minutes après, je vois paraître une religieuse qui va droit à la grille, pousse un bouton et fait sauter quatre carreaux qui laissent une large ouverture au travers de laquelle les deux amies purent s'embrasser tout à leur aise. La comtesse s'assit en face de la religieuse, et moi un peu à côté, mais de manière à pouvoir observer tout à mon aise une des plus belles femmes qu'il soit possible de voir. Je ne doutai pas que ce ne fût la même dont ma chère Graziella m'avait parlé et qui lui donnait des leçons de français. L'admiration me tenait dans une sorte d'enchantement, et je n'entendis pas un mot de tout ce qu'elles se dirent; mais ma belle nonne, loin de m'adresser la parole, ne daigna pas même m'honorer d'un seul regard. Elle pouvait avoir de vingt-deux à vingt-trois ans, et la coupe de son visage était de la plus belle forme. Elle était d'une taille bien au-dessus de la moyenne, son teint très blanc tirant un peu sur le pâle, l'air noble et décidé, mais en même temps réservé et modeste; ses yeux bien fendus étaient d'un beau bleu céleste, sa physionomie douce et riante, les lèvres belles et humides de la plus suave volupté; ses dents étaient deux rangées de perles du plus brillant émail. Sa coiffure ne me laissait pas voir ses cheveux; mais, si elle en avait, ils devaient être d'un beau châtain clair; ses sourcils m'en répondaient. Ce qui me ravissait le plus était sa main et l'avant-bras que je voyais jusqu'au coude.

Le ciseau de Praxitèle n'a jamais rien

taillé de mieux arrondi, de plus potelé ni de
plus gracieux. Malgré tout ce que je voyais et
tout ce que je devinais, je ne me repentais
pas d'avoir refusé les deux rendez-vous que
cette beauté m'avait offerts, car je me sentais sûr de la posséder en peu de jours, et je
jouissais de pouvoir lui faire hommage de
mes désirs. Il me tardait de me voir seul à
la grille avec elle, et j'aurais cru lui faire in-
jure si, dès le lendemain, je n'étais allé l'as-
surer que je lui rendais toute la justice
qu'elle méritait.

Elle fut constante à ne pas me regarder
un seul instant ; mais, à la fin, cette sorte de
réserve me plut. Tout à coup, les deux amies
baissèrent la voix, et la délicatesse m'imposa
le devoir de m'éloigner. Leur entretien secret dura un quart d'heure, que je passai à
faire semblant de considérer un tableau. Au
bout de ce temps, elles s'embrassèrent,
comme au commencement, et la religieuse,
ayant refermé la grille mouvante, tourna le dos
et s'en alla sans me jeter le moindre regard.

La comtesse, en retournant à Venise, lasse peut-être de mon silence, me dit en souriant :

— Marie est belle et elle a beaucoup d'esprit.

— J'ai vu l'un, et je crois l'autre.

— Elle ne vous a pas dit un mot... Adieu, monsieur.

Et elle me quitta.

.

Dans l'après-dîner, m'étant masqué, je me rendis à Muran. Arrivé à la tour du couvent, je sonne, et, le cœur palpitant, je demande Marie de la part de la comtesse S.. Le petit parloir était fermé ; la tourière me montra celui dans lequel je devais entrer. J'entre, j'ôte mon masque, et je m'assieds en attendant ma déesse.

Une heure se passa. Je demande de nouveau Marie à la tourière. On me répond que Marie est occupée pour tout le jour.

Je me sentis profondément humilié. La religieuse ne pouvait en agir ainsi avec moi qu'en étant la plus impudente de toutes les femmes et la plus dépourvue de bon sens; car les deux lettres que j'avais d'elle suffisaient pour la déshonorer, si j'avais voulu me venger.

Le temps amène conseil, dit-on; il amène aussi le calme, et la réflexion donne de la lucidité aux idées. J'en vins à me dire qu'au fond l'événement n'avait rien que de très ordinaire, et que je l'aurais immanquablement trouvé tel au premier abord, si je n'avais été ébloui par les charmes de la nonne et aveuglé par mon amour-propre. Enfin, je finis par sentir qu'il ne tenait qu'à moi de rire de la mésaventure, et je pris sur moi de ne pas me montrer piqué. Elle m'avait fait dire qu'elle était occupée; c'était tout simple: mon rôle était de jouer l'indifférence.

— Sans doute, me disais-je, elle ne sera pas occupée une autre fois; mais je la défie de me faire retomber dans le panneau. Je lui prouverai que je n'ai fait que rire de son mauvais procédé.

Au fond, je me couchai avec le besoin de la vengeance; je m'endormis en y pensant, et je m'éveillai résolu à me satisfaire. Je me mis à écrire; mais, voulant être certain que ma lettre ne se sentait point du dépit amoureux qui me rongeait, je la laissai sur mon bureau pour la relire, le lendemain, de sang-froid. Cette précaution me fut utile, car, en la relisant vingt-quatre heures après, je la trouvai indigne et je la déchirai en mille morceaux. Il y avait des phrases qui décelaient ma faiblesse, mon amour, mon dépit et qui, par conséquent, loin de l'humilier, lui auraient fourni matière à se moquer de moi.

Le mercredi, après avoir écrit à Graziella que de fortes raisons m'obligeaient à ne plus me rendre à la messe dans l'église du couvent, je me déterminai à renvoyer à Marie ses deux lettres avec ce billet :

« Je vous prie de croire, madame, que c'est
par pur oubli que je ne vous ai pas encore
renvoyé vos deux lettres que vous trouverez
ci-incluses. Je n'ai jamais pensé à devenir
différent de moi-même en exerçant contre
vous une lâche vengeance, et je vous par-
donne bien facilement les deux étourderies
insignes que vous avez faites. Je sais quel est
votre nom, je sais qui vous êtes ; mais soyez
tranquille : c'est comme si je n'en savais
rien. Il est au reste possible que vous mettiez peu de prix à ma discrétion ; mais, si cela
est, je vous trouve fort à plaindre. Vous
devez bien penser, madame, que vous ne me
verrez plus à l'église du couvent ; mais per-
suadez-vous que ce sacrifice ne me coûte
rien, et que j'en serai quitte pour aller à la
messe ailleurs. »

J'allai chercher un commissionnaire, auquel je donnai toutes les instructions nécessaires, et je lui fis promettre de s'en aller,
aussitôt qu'il aurait remis la lettre à la tourière, quand bien même on lui dirait d'at-

tendre. Je lui promis un demi-sequin de plus s'il voulait revenir me rendre compte de son message.

Dix jours après, je sortais de l'Opéra, lorsque j'aperçois le même commissionnaire, sa lanterne à la main. Je l'appelle machinalement, et sans me démasquer, je lui demande s'il me connaissait. Il me regarde, me toise et me dit que non.

— As-tu bien fait ta commission à Muran ?

— Ah ! monsieur, que Dieu soit loué. Puisque j'ai le bonheur de vous trouver, j'ai à vous dire des choses importantes. J'ai porté votre lettre, que j'ai remise comme vous me l'aviez ordonné, et je partis aussitôt que je la vis entre les mains de la tourière, quoique cette sœur me dit d'attendre. A mon retour, je ne vous trouvai pas, mais n'importe. Le lendemain matin, un de mes camarades qui se trouvait à la tour au moment où je remis votre lettre vint me réveiller pour me dire d'aller à Muran, la tourière voulant absolument me parler. Je m'y rendis, et, après avoir attendu quelques instants, la tourière me fit passer dans le parloir, où une religieuse, belle comme le jour, me tint plus d'une heure pour me faire cent questions qui toutes tendaient, sinon à savoir qui vous êtes, au moins à découvrir l'endroit où je pourrais vous trouver. Vous savez que je ne pouvais rien lui dire de satisfaisant. Elle me quitta en m'ordonnant d'attendre, et, deux heures après, elle reparut avec une lettre qu'elle me consigna en me disant que, si je pouvais parvenir à vous la remettre et à lui en apporter la réponse, elle me donnerait deux sequins. Il ne tient qu'à vous, mon bon monsieur, de me les faire gagner.

— Où est cette lettre?

— Chez moi, sous clef, car j'ai toujours peur de la perdre.

— Comment veux-tu donc que je réponde?

— Ayez la bonté de m'attendre un instant dans un café.

Je ne pus résister à ma curiosité. Je me détermine, non à l'attendre, mais à l'accompagner chez lui. Je n'étais obligé que d'écrire : *J'ai reçu la lettre*, et je me satisfaisais en même temps que je faisais gagner les deux sequins au commissionnaire. Nous arrivons chez lui. J'ouvre la lettre de Marie, et je constate que tout cela provenait d'un malentendu et de la stupidité de la tourière, qui avait mal compris la réponse de la religieuse. Celle-ci me faisait de plates excuses, suivies d'une déclaration passionnée. Elle me demandait enfin de venir m'expliquer avec elle, et cela en termes si tendres, si émus que je me sentis profondément troublé.

Le lendemain même, à onze heures, j'arrivai au couvent. On me fit entrer dans le petit parloir où je l'avais vue la première fois, et elle ne tarda pas à venir. Dès que je la vis auprès de la grille, je me mis à genoux, mais elle me pria de me relever de suite, parce qu'on pouvait me voir. Sa figure était tout en feu, et

son regard me parut céleste. Elle s'assit et je
pris un siège en face d'elle. Nous fûmes ainsi
plusieurs minutes à nous contempler sans
mot dire; mais je rompis le silence en lui
demandant d'une voix tendre et altérée si je
pouvais espérer mon pardon. Elle me tendit
à travers la grille sa belle main que je couvris
de larmes et de baisers.

— Quand pourrai-je, lui dis-je, avoir le
bonheur de vous convaincre de mes sentiments, en liberté, et dans toute la joie de mon
âme.

— Nous souperons à mon casino quand
vous voudrez, pourvu que je le sache deux
jours d'avance. Ou bien, j'irai souper avec
vous à Venise, si cela ne vous gêne pas.

— Cela ne ferait qu'augmenter mon bonheur. Je crois devoir vous dire que je suis
très à mon aise, et que, loin de craindre la
dépense, je l'aime; or, tout ce que j'ai appar-
tient à l'objet que j'adore.

— Cette confidence, mon cher ami, m'est
très agréable; d'autant plus qu'à mon tour,

je puis vous dire que je suis riche, et que je ne saurais rien refuser à mon amant.

— Mais vous devez en avoir un ?

— Oui ; et c'est lui qui me rend riche et qui est absolument mon maître. Je ne lui laisse jamais rien ignorer. Après-demain, tête-à-tête et entièrement à vous, je vous en apprendrai davantage.

— Mais j'espère que votre amant...

— Soyez-en sûr. Avez-vous aussi une maîtresse ?

— J'en avais une, mais, hélas ! on me l'a violemment arrachée, et je vis depuis six mois dans un parfait célibat.

— Vous l'aimez encore ?

— Je ne puis me la rappeler sans l'aimer. Elle a presque vos charmes et vos attraits, mais je prévois que vous me la ferez oublier.

— Si vous étiez heureux, je vous plains très sincèrement. On vous l'a arrachée, et vous fuyez le monde pour nourrir votre douleur. Je vous ai deviné ; mais, s'il arrive que je m'empare de la place qu'elle occupe dans votre cœur, personne, mon doux ami, ne m'en arrachera.

— Mais que dira votre amant ?

— Il sera charmé de me voir tendre et heureuse avec un amant tel que vous. C'est dans son caractère.

— Caractère admirable ! héroïsme supérieur à mon caractère et à ma force.

— Il va sonner midi, mon cher ami, il est temps que nous nous séparions. Venez après-demain à la même heure, et je vous donnerai les instructions nécessaires pour que vous puissiez venir souper avec moi.

— Tête-à-tête ?

— Cela s'entend.

— Oserais-je vous en demander un gage ? car le bonheur que vous me promettez est si grand.

— Quel gage ?

— Vous voir debout à la petite fenêtre, en me permettant d'être à la place de la comtesse.

Elle se leva, et, avec le plus gracieux sourire, elle poussa le ressort. Je la quittai après un baiser des plus expressifs.

Je passai les deux jours d'attente dans une joie et une impatience qui m'empêchèrent de dormir, car il me semblait que c'était pour la première fois que j'allais être heureux en amour.

Certain que Marie ne manquerait pas à sa parole, je me rendis au parloir vers dix heures du matin. Elle me donna la clef de son casino, mais quelle ne fut pas ma surprise en me voyant devancé ! Marie m'attendait au salon habillée en femme du monde. Je me jetai à ses genoux pour lui témoigner ma vive reconnaissance. Je baisais avec transport ses belles mains en attendant la lutte amoureuse qui devait en être l'issue, mais Marie crut devoir opposer de la résistance.

Qu'ils sont charmants ces refus d'une

amante amoureuse qui ne retarde l'instant
du bonheur que pour en mieux savourer
les délices ! Et, amant tendre, respectueux,
mais hardi et entreprenant, certain de la vic-
toire, je mêlais avec délicatesse la douceur
des égards au feu qui me consumait ; et ravis-
sant sur la plus belle bouche les baisers les
plus ardents, je sentais mon âme prête à
s'échapper. Nous passâmes deux heures dans
ce combat préparatoire, à la fin duquel nous
nous félicitâmes également, elle d'avoir su
résister, et moi d'avoir su modérer mon impatience.

Ayant besoin d'un instant de repos, et
nous entendant par instinct, elle me dit :

— Mon ami, j'ai un appétit qui me pro-
met de faire honneur au souper. Me pro-
mets-tu de me tenir tête ?

Me sentant homme à cela :

— Oui, lui dis-je, je te le promets; et tu
jugeras ensuite si je me comporte envers
l'Amour aussi bien qu'envers Comus.

Il était près de minuit quand nous sortimes de table. Nous avions fait un excellent souper et nous étions près d'un bon feu. Avec cela, amoureux d'une femme superbe et songeant que le temps était précieux, je devins pressant. Elle résista encore.

— Cruelle amie, ne m'avez-vous promis la félicité que pour me faire éprouver tous les tourments de Tantale? Si vous ne voulez point céder à l'amour, cédez au moins à la nature. Après ce repas délicieux, allez vous coucher.

— Avez-vous donc sommeil?

— Non, certes, mais à l'heure qu'il est, on se met au lit. Souffrez que je vous y mette; je me tiendrai à votre chevet, ou je me retirerai si vous le voulez.

— Si vous me quittiez, vous me causeriez une peine inouïe. Mais nous pouvons nous reposer tout habillés sur ce sofa.

— Tout habillés! soit. Je pourrai vous laisser dormir, si vous le désirez; mais, si je ne dors pas, vous me pardonnerez; car dormir près de vous et vêtu ! ce serait exiger l'impossible.

— Attendez.

Elle se lève, tire facilement le canapé en travers, en tire les coussins, les draps, la couverture, et, en un clin d'œil, voilà un lit magnifique, large et commode. Elle me pousse en riant et me fait tomber de tout mon long sur le canapé. Je me relève, et, dans une minute débarrassé de mes vêtements, je me jette plus sur elle qu'auprès d'elle. Elle était forte, et, m'enlaçant de ses deux bras, elle croit que je dois lui pardonner toutes les peines qu'elle me cause. Je n'avais rien obtenu d'essentiel, je brûlais, mais je concentrais mon impatience ; je ne me croyais pas encore le droit d'être exigeant. Je me mets à détacher cinq ou six nœuds de rubans, et satisfait qu'elle me laissât faire, je palpitai d'aise en devenant possesseur de la gorge la plus belle que je couvris de mes baisers. Mais là se bornaient encore toutes ses faveurs, et, mon feu s'augmentant à mesure que je la voyais plus parfaite, je redoublais d'efforts; mais en vain ; force me fut de céder de fatigue et je m'endormis dans ses bras en la tenant serrée contre mon sein. Un bruyant carillon nous réveilla.

— Qu'est-ce ? m'écriai-je en sursaut.

— Mon ami, levons-nous. Il est temps que je rentre au couvent.

Et elle disparut en me disant :

— Je t'attends après-demain pour que tu m'indiques la nuit que j'irai passer avec toi à Venise; et alors, tendre amant, tu seras tout à fait heureux.

Le même jour, Graziella me fit tenir la lettre suivante :

« Je sais tout. Marie est mon amie, celle
« dont je t'ai parlé et qui m'enseigne le fran-
« çais. Je ne suis pas jalouse, mais je mérite
« au moins que tu me dises tout. Je meurs

« d'envie de te voir. Viens donc au moins
« une fois. »

Je répondis immédiatement et effronté-
ment à Graziella que je connaissais bien
Marie, mais qu'il n'y avait entre nous aucun
amour. Je crus néanmoins devoir procurer
à cette charmante recluse, qui ne souffrait
que pour moi, le plaisir de me voir, et j'allai
assister à la messe du couvent.

En sortant de l'office, je fis demander
Marie au parloir pour prendre jour.

— Où veux-tu, mon ami, m'attendre demain, deux heures après le coucher du so-
leil?

— A ton casino.

— Non, car ce sera mon amant lui-même
qui me mènera à Venise.

— Lui-même !

— Oui.

— C'est incroyable.

— Mais vrai.

— Je t'attendrai sur la place de Saint-Jean

et de Saint-Paul, derrière le piédestal de la statue de Barthélémi de Bergame.

— Je n'y manquerai pas.

A l'heure dite, je vis arriver une barque à deux rames et un masque en sortir, puis s'approcher de moi. Le masque fait le tour de la statue et me tend une main amie. Après quoi, il prend mon bras et je le conduis à mon casino.

A peine arrivée, Marie se démasqua. Je tombai dans une sorte d'enchantement, tant elle était belle.

— Non, femme adorable, lui dis-je, non, tu n'es pas faite pour un mortel, et je crois sentir que tu ne seras jamais à moi. Quelque miracle, au moment de te posséder, viendra t'arracher à mon ardeur.

— Es-tu fou, mon ami ? je suis à toi dans l'instant, si tu veux.

— Si je veux ! viens.

Elle se sauva dans le cabinet de toilette, et me pria d'aller me déshabiller dans le salon, me promettant de m'appeler dès qu'elle serait couchée.

Je n'attendis pas longtemps, car, quand le plaisir est de la partie, la besogne se fait vite. Je tombai dans ses bras ivre d'amour et de bonheur, et, pendant sept heures, je lui donnai les preuves les plus positives de mon ardeur et du sentiment qu'elle m'inspirait. Enfin, le fatal carillon se fit entendre : il fallut faire trêve à nos transports.

* * *

Nos relations continuaient, ardentes, brûlantes. J'oubliais déjà Graziella, lorsque la chère enfant vint se rappeler d'elle-même à mon souvenir par la lettre dont voici la copie :

« Ah ! que je suis contente, mon cher
« petit mari : tu aimes Marie, ma chère
« amie... Satisfaite de savoir tout, je n'ai pas
« voulu risquer de lui faire de la peine en
« lui disant que je connaissais son secret;

« mais ma chère amie, ou plus franche ou
« plus curieuse, n'en a pas agi ainsi. Je vous
« plains seulement de tout mon cœur de
« vous savoir forcés de vous voir au travers
« d'une affreuse grille : que je voudrais de
« bon cœur, mon ami, pouvoir te céder ma
« place ! je ferais en un instant deux heu-
« reux à la fois. Adieu. »

Je lui répondis qu'elle avait deviné, mais
que mon amitié pour Marie ne préjudiciait
en rien au sentiment qui m'attachait à elle
pour la vie. Je lui promettais aussi d'assister,
déguisé en pierrot, au bal qui devait avoir
lieu dans le parloir du couvent, à l'occasion
du carnaval. Je tins parole; mais, vers deux
heures, je m'esquivai pour me rendre au
casino où Marie devait m'attendre.

J'entre dans le sanctuaire et j'aperçois ma
divinité appuyée contre la cheminée. Elle
était en habit de religieuse, je m'en approche
en tapinois pour jouir de sa surprise; je
la fixe et je reste comme pétrifié.

L'objet que je vois n'est pas Marie

x   4

C'est Graziella habillée en nonne qui, plus étonnée que moi, ne pousse pas un soupir, ne prononce pas une syllabe, ne fait pas un mouvement. Je me jette dans un fauteuil pour me donner le temps de me remettre de mon étonnement. L'aspect de Graziella m'avait anéanti et mon âme était stupéfaite comme mon corps; je me sentais pris dans un labyrinthe inextricable.

Je passai une demi-heure morne et taciturne, le regard fixe; elle, osant à peine respirer, embarrassée, interdite, ne sachant en présence de qui elle se trouvait, car elle ne pouvait tout au plus que me reconnaître pour le pierrot qu'elle avait vu au bal.

Amoureux de Marie, n'étant venu que pour elle, je ne me trouvais pas disposé à prendre le change, quoique je fusse loin de mépriser Graziella, dont le mérite était pour le moins aussi grand que celui de Marie. Je l'aimais tendrement, je l'adorais; mais, dans ce moment-là, ce n'était pas elle que je voulais, parce que de prime abord sa présence m'avait semblé une sorte de mystification. Enfin, j'ôte mon masque. Ma charmante Graziella poussa un soupir en disant :

— Je respire ! Ce ne pouvait être que toi ; mon cœur me le disait. Tu m'as paru surpris en me voyant, mon ami ; ne savais-tu donc pas que je t'attendrais ?

— Non, certes, je n'en savais rien. Comment peux-tu être ici à cette heure ?

— Voici, Marie m'a, au milieu du bal, entraîné dans sa chambre. Elle m'a complètement travestie en religieuse ; puis elle m'a dit qu'elle allait me confier un très grand secret. « Sache, ma chère amie, me dit-elle, que j'allais sortir du couvent pour n'y rentrer que demain matin ; mais maintenant il est décidé que ce ne sera pas moi qui en sortirai, mais bien toi. Tu n'as rien à craindre et tu n'as besoin d'aucune instruction, car je suis sûre que tu ne te trouveras point embarrassée. Dans une heure une sœur converse viendra ici, je lui dirai deux mots à part, puis elle te dira de la suivre. Tu sortiras avec elle par la petite porte et tu traverseras le jardin jusqu'à la petite rive. Là, tu monteras dans une gondole et tu diras au gondolier ces seuls mots : *Au Casino*. En cinq minutes, tu y arriveras, tu descendras et tu entreras dans un petit appartement où tu trouveras bon feu : tu y seras seule et tu attendras. — Qui ? lui ai-je dit. — Personne. Tu ne dois pas en savoir davantage. Ne me demande rien. — Voilà toute la vérité.

J'aurais été par trop ingrat, même barbare, si je n'avais alors serré contre mon cœur, avec l'expression de la tendresse la plus véritable, cet ange de bonté et de beauté qui n'était devant moi que par un effort d'amitié rare. Mais les sens n'étaient pas de la partie, je ne lui donnai aucune preuve de mon amour.

. .

— Veux-tu m'être agréable ? me dit un jour Marie.

— Peux-tu me le demander ?

— Je te demande à souper dans ton casino avec mon ami, qui meurt d'envie de faire ta connaissance.

— Mais quel est ton ami ? Je veux qu'il me soit présenté dans toutes les formes.

— Cela s'entend.

— Alors, fixe le jour.

— Mon ami est M. de Bernis, ambassadeur de France.

— Ah !

— Oui. C'est aujourd'hui le 4 ; eh bien dans huit jours.

— Ce sera donc le 12.

— Oui.

Le souper projeté eut lieu effectivement le 12. Il fut délicat, abondant, varié, et ma conduite à l'égard du beau couple fut celle d'un particulier qui recevrait à souper son souverain avec sa maîtresse. Je voyais Marie enchantée de mes procédés respectueux envers elle, et de tous les propos par lesquels je sus engager l'ambassadeur à m'écouter

avec le plus grand intérêt. Le sérieux d'une
première rencontre n'empêcha point la fine
plaisanterie, car M. de Bernis, sous ce rap-
port, était Français dans toute la force du
terme. J'ai beaucoup voyagé, beaucoup étu-
dié les hommes individuellement et en
masse, mais je n'ai trouvé la vraie sociabi-
lité que chez les Français, car eux seuls
savent plaisanter, et la plaisanterie fine et
délicate, en animant la conversation, fait le
charme de la société.

Tout, pendant ce joli souper, fut accom-
pagné du mot pour rire, et l'aimable Marie
fit tomber adroitement la conversation sur
la combinaison romanesque qui lui avait
fait faire ma connaissance. Cela menait naturellement à parler de ma passion pour
Graziella, et elle fit de cette charmante personne une description si intéressante que
l'ambassadeur l'écouta avec toute l'attention
d'un homme qui ne l'aurait jamais vue.
C'était là son rôle, car il ignorait que je
susse qu'il était dans la cachette le soir de

ma sotte entrevue avec elle. Il lui dit qu'elle lui aurait fait le plus grand des plaisirs, si elle l'avait amenée à souper avec nous.

— J'aurais dû, lui répondit la fine nonne, braver trop de dangers, courir trop de risques ; mais, ajouta-t-elle en s'adressant à moi d'un air aussi noble que complaisant, si cela vous faisait plaisir, je pourrais vous faire souper chez moi avec elle, car nous couchons dans la même chambre.

Cette offre m'étonna beaucoup, mais ce n'était pas là l'instant de montrer ma surprise.

— On ne peut, madame, lui répliquai-je, rien ajouter au plaisir qu'on a de se trouver avec vous ; cependant, j'avoue que je ne serais pas insensible à cette faveur.

— Eh bien ! j'y penserai.

— Mais, dit alors l'ambassadeur, je crois que, si je dois être de la partie, il serait bon que vous l'en prévinssiez.

— Ce n'est pas nécessaire, lui dis-je ; car je lui écrirai de faire aveuglément tout ce que lui dira madame. Je m'acquitterai de ce devoir dès demain.

Je priai l'ambassadeur de se disposer à beaucoup d'indulgence pour une fille de quinze ans qui n'avait pas l'usage du monde.

Le lendemain matin, pour tenir la promesse que j'avais faite à ma belle religieuse, j'écrivis à Graziella sans la prévenir qu'une quatrième personne serait de la partie. Je le fis à contre-cœur, car, à n'en pas douter, l'ambassadeur était amoureux de Graziella, et je devinai aisément qu'il s'en était expliqué avec Marie. Or, celle-ci n'était pas en mesure de contrecarrer son amour, et sans doute qu'en bon apôtre, elle avait dû se prêter à tout ce qui pouvait favoriser sa passion. Il ne me restait qu'à faire bonne mine à mauvais jeu, tant pour ne pas faire la plus sotte figure du monde que pour ne pas me montrer ingrat envers un homme qui m'avait accordé des priviléges inouïs.

J'allai au casino d'assez bonne heure, et j'y trouvai l'ambassadeur qui me fit l'accueil

le plus amical. Nous causions encore, lorsque nous vîmes entrer Marie et sa jeune
amie. Celle-ci fit un mouvement de surprise
en me voyant avec un autre homme, mais
je l'encourageai en lui faisant le plus tendre
accueil, et elle se remit tout à fait en voyant
que l'inconnu était enchanté de l'entendre
répondre en bon français au compliment
qu'il lui avait adressé.

Graziella était ravissante ! son regard à la
fois vif et modeste semblait me dire : « Tu
dois m'appartenir. » A cela se joignait le
désir de la voir briller ; et ce double sentiment m'aida à chasser une lâche jalousie
que, malgré moi, je commençais à éprouver.
Ainsi, ayant soin de la faire raisonner sur
les matières que je lui connaissais familières,
je la mis à même de développer son esprit
naturel ; et j'eus la satisfaction de la voir
briller.

Applaudie, flattée, animée par l'air de satisfaction qu'elle découvrait dans mes regards,
Graziella parut un prodige à M. de Bernis ;

et, contradiction du cœur humain ! j'en jouissais, et pourtant je tremblais qu'il n'en devînt amoureux. Quelle énigme ! je travaillais moi-même à un ouvrage qui m'aurait fait devenir le meurtrier de quiconque aurait osé l'entreprendre.

Pendant le souper, qui fut digne d'un roi, l'ambassadeur eut pour Graziella toutes les attentions possibles. L'esprit, la gaieté, la décence et le bon ton présidèrent à notre jolie partie, et n'en exclurent pas les propos amusants que l'esprit français sait faire entrer dans tous les discours.

Après minuit, il fut question de nous séparer, et ce fut à M. de Bernis à faire les frais des compliments. Remerciant Marie de lui avoir donné le plus agréable souper qu'il eût fait de sa vie, il l'obligea à lui en offrir un pareil pour le surlendemain, me demandant par manière d'acquit si je n'y trouverais pas un plaisir égal au sien. Pouvait-il douter de mon acquiescement ? Je ne le crois pas, et d'autant plus que je m'étais

obligé à être complaisant. Parfaitement
d'accord, nous nous séparâmes.

.·.

Le lendemain, en réfléchissant à ce souper
exemplaire, je n'eus pas de peine à prévoir
où la chose allait aboutir. L'ambassadeur ne
devait sa fortune qu'au beau sexe, parce qu'il
possédait au suprême degré l'art de dorloter
l'amour, et, comme il était naturellement très
voluptueux, il y trouvait son compte, car il
faisait naître le désir, et cela lui donnait des
jouissances dignes de sa délicatesse. Je le
voyais éperdument amoureux de Graziella,
et j'étais loin de le croire homme à se con-
tenter de la contemplation de ses beaux
yeux. Il a certainement un plan de formé,
me disais-je, et Marie, malgré toute sa
loyauté, doit en être la directrice; elle s'y
prendra si adroitement et si délicatement
que l'évidence devra m'échapper.

Quoique je ne me sentisse pas disposé à

pousser la complaisance plus loin que la juste mesure, je prévoyais que je finirais par être dupe, et que ma pauvre Graziella serait la victime d'un tour de passe-passe. Je ne savais me décider ni à y consentir de bonne grâce, ni à y mettre des obstacles, et, croyant ma petite femme incapable de se laisser aller à quelque écart qui eût pu me déplaire, j'aimais à m'endormir, confiant dans la difficulté qu'on aurait à la séduire.

A l'heure du rendez-vous, j'arrive au casino, et je trouve mes belles amies devant le feu.

— Bonsoir, mes deux divinités : où est notre aimable Français ?

— Il n'est pas encore venu, me dit Marie; mais il viendra sans doute.

Je me démasque, et, m'asseyant entre elles, je leur donne mille baisers, observant de ne marquer aucune prévenance, et, quoique je susse qu'elles savaient que j'avais un

droit incontestable sur l'une comme sur
l'autre, je me tins dans les bornes d'une décente
réserve. Je leur fis mille compliments sur
leur inclination mutuelle, et je les vis satis-
faites de n'avoir pas à en rougir.

Il se passa plus d'une heure dans des
propos galants et amicaux, sans que, malgré
mon ardeur, je me permisse aucune satisfaction, car Marie m'attirait plus que Graziella ; mais, pour tout au monde, je n'aurais
pas voulu offenser cette charmante fille.
Marie commençait à montrer quelque inquié-
tude du retard de M. de Bernis, lorsque la
concierge vint lui remettre un billet de sa
part. Un courrier imprévu l'empêchait de
venir, mais il espérait qu'on lui accorderait
vendredi le plaisir dont la fortune le privait
aujourd'hui.

— Patience, dit Marie, ce n'est pas sa
faute ; mais viendrez-vous vendredi ?

— Oui, et avec plaisir. Mais qu'as-tu donc,
ma chère Graziella ? Tu m'as l'air triste.

— Triste, non, si ce n'est pour mon amie,

car je n'ai jamais vu d'homme si poli ni si obligeant.

— Fort bien, ma chère, je suis ravi qu'il t'ait rendue sensible.

— Mais, sensible ! Peut-on être insensible à son mérite ?

— Encore mieux; mais je tombe d'accord avec toi. Dis-moi seulement si tu l'aimes.

— Eh bien ! quand je l'aimerais, cela ne voudrait pas dire que j'irais le lui dire. D'ailleurs, je suis sûre qu'il aime mon amie.

En disant ces mots, elle se lève et va s'asseoir sur Marie qu'elle appelait sa femme; et voilà mes deux belles qui se prodiguent des caresses à mourir de rire. Loin de les troubler dans leur jeu, je les excite.

— Veux-tu, me dit Marie, que je fasse faire du feu dans la chambre de l'alcôve ?

Saisissant sa pensée :

— Tu me feras plaisir, lui dis-je, car le lit étant grand, nous y serons commodément tous trois.

On met la table devant l'alcôve, on nous
sert, et nous soupons avec un appétit dévo-
rant. Nous étions vraiment faits pour nous
tenir tête. Pendant que Marie apprenait à
son amie à faire le punch, je prenais plaisir
à contempler les progrès de la beauté de
Graziella.

— Ta gorge, lui dis-je, doit être arrivée à
sa perfection.

— Elle est comme la mienne, dit Marie,
veux-tu en juger ?

N'ayant pas dit non, elle se met en besogne,
elle délace son amie qui n'oppose aucune
résistance, et agissant ensuite sur elle-même,
en moins de deux minutes, je contemplai
quatre rivaux qui se disputaient la pomme
comme les trois immortelles, et qui auraient
défié le beau Pâris d'adjuger le prix sans
injustice.

Mais il est de ces choses qu'on ne peut
contempler longtemps de sang-froid, et nous
nous quittâmes le matin épuisés et humiliés
de devoir en convenir.

Le vendredi, Graziella devint la maîtresse de M. de Bernis. Je m'en consolai dans les bras de Marie.

CASANOVA DE SEINGALT.

<h1 style="text-align:center">II</h1>

<h2 style="text-align:center">LE CONTE DU CHANCRE</h2>

ONSIEUR le gouverneur (alors nous habitions un port de mer) étant à la ville, ainsi qu'à tels seigneurs le menu peuple fait force présents, reçut de quelques pêcheurs un présent d'une panerée de fort beaux chancres vivants, tous choisis.

Mondit seigneur, ayant reçu ces chancres, les fit poser près de la cheminée.

Tandis qu'il s'amusait, un des chancres

se glissa, et, rampant, s'enlaça entre une tapis-
serie et la muraille. Les autres furent portés
à la cuisine pour y être troussés comme
mugettes.

La nuit, que chacun dormait, ce maître
chancre, ayant affaire d'eau et la sentant à
l'odeur marine, va au pot à pisser, où il se
rangea en si peu qu'il y avait, et, ainsi
glissé au fond du pot, s'y tenait, attendant
miséricorde.

Quelques heures après, madame eut envie
de se consoler à la décharge de ses reins
chargés d'urine, déjà tirée en la vessie, dont
la pesanteur, par filandres, tire à soi les
rognons, qui se délectent de son évacuation,
et, prenant le pot, s'étant un peu relevée,
se flanqua dessus, de peur de pisser au lit.

.·.

Voilà donc madame qui laisse aller l'eau
de la gouttière naturelle entre les arcs-bou-
tants des crevasses physiques, et pissant

roide comme une pucelle qui n'ose, arrosa de cette liqueur fraîche et chaudement émouvée le paillard chancre, qui soudain se dilate et relève, en ouvrant un de ses bras, qui est de telle condition que, s'étant ouvert et pris à quelque sujet, il ne le laisse point.

Que prit-il, bonnes gens ? A l'aide ! Il trouva et prit... Quoi ? Cela est si délicat et mignon que je n'ose le dire.

Cela fut si sensible qu'elle s'en écria si haut, qu'elle éveilla son mari, qui lui demanda ce qu'elle avait :

— Hélas ! dit-elle, je suis perdue.

Elle soupirait et n'osait le dire. Toutefois sa douleur lui fit déclarer que quelque fantaisie la mordait au bord de son cas.

Monsieur, en bon mari, ayant fait apporter la chandelle, et vu l'effet ès parties naturelles de la femme :

— Paix, ma mie, paix, dit-il, je lui ferai bien lâcher prise ; je sais le secret : il ne faut que souffler contre.

Il se mit à souffler, et le chancre, levant l'autre bras, l'empoigna à la lèvre d'auprès le nez.

Il faisait beau voir cette comédie. Il avait le nez bien près du cela de sa femme; il pouvait bien voir si d'autres y étaient, il n'eût pas été cocu sans avis.

Le valet de chambre, qui survint avec des ciseaux, coupa les deux bras du chancre et mit monsieur et madame en liberté.

BÉROALDE DE VERVILLE

III

LA CULOTTE DES CORDELIERS

E vais vous conter une plaisante aventure arrivée à Orléans, lorsque j'y étais. Vous pouvez en toute sûreté m'en croire, car je la sais de source, et j'en ai connu le héros.

Une Orléanaise avait pour ami un clerc. Quand une femme entreprend de jouer ce jeu-là, elle doit être adroite et rusée. Il faut qu'elle sache mentir avec hardiesse, qu'elle ait un esprit fertile en expédients, et surtout qu'elle ne se déconcerte jamais.

Or, telle était au suprême degré notre bourgeoise, et jamais vous n'avez connu plus fine commère. Son époux, au contraire, nommé Michel, et marchand de son métier, était un bonhomme.

Appelé de temps en temps, par son commerce, aux foires et aux marchés voisins, il eut besoin d'aller à celui de Meung. Un sien cousin, nommé Guillaume, devant y aller aussi, ils convinrent de partir ensemble. Notre époux même promit d'aller le prendre ; et, en conséquence, il chargea sa femme de l'éveiller au point du jour et se coucha de bonne heure.

Celle-ci, très aisée de cette absence, comme vous pouvez croire, et résolue d'en profiter, voulut promptement se débarrasser de lui. Il était à peine dans son premier somme qu'elle le réveilla brusquement.

— Eh ! vite, sire, levez-vous ; nous avons trop dormi, vous n'arriverez jamais à temps.

Le bonhomme, quoiqu'il fût resté au lit volontiers, et qu'il sentît bien à ses yeux qu'il lui manquait quelques heures, se leva néanmoins promptement et partit.

Je n'ai pas besoin de vous dire maintenant que le clerc avait été prévenu du départ ; et vous vous doutez bien qu'il était là aux aguets, pour entrer dès que l'autre serait sorti. Au signal convenu, il se glissa furtivement dans la maison, où, dans un instant, il reçut plus de caresses et de baisers que le bon Michel peut-être n'en avait reçu pendant tout son mariage.

Cependant, le mari était arrivé à la porte du cousin Guillaume. Il frappait à coups redoublés pour le réveiller et l'appelait à tue-tête, jurant intérieurement d'être obligé d'attendre.

— Mais vous êtes donc fou, répondit Guillaume par sa fenêtre, de vouloir vous mettre en route à une pareille heure. Est-ce que vous rêvez, dites-moi ? Comment morbleu ! il n'est pas minuit.

— Quoi ! il n'est pas minuit ! Eh ! ma

femme m'a dit que nous partions trop tard,
et que nous n'arriverions jamais.

— Votre femme s'est moquée de nous,
cousin, allez vous recoucher, croyez-moi,
et dormez encore quelques heures.

Il s'en revint donc chez lui et appela pour
se faire ouvrir.

— Ciel ! c'est mon mari, s'écria la femme ;
vite, sortez, et allez vous cacher quelque
part, je trouverai des moyens de vous faire
évader.

Le galant fit à la hâte un paquet de ses har-
des, et se sauva dans la chambre voisine ;
mais, dans l'obscurité, il ne s'aperçut point
qu'il laissait sa culotte. Le mari s'impatientait à
la porte et frappait à tour de bras. Enfin,
il fit un tel vacarme que la domestique,
s'étant réveillée, vint lui ouvrir. La femme,
quand il entra, fit semblant de dormir ; et lui,
qui ne voulut point troubler son sommeil,
se déshabilla sans bruit et se coucha. Mais
alors celle-ci, feignant de se réveiller avec

effroi et sautant hors du lit toute nue, se mit à crier comme une forcenée.

— Au secours ! au secours !

En vain, il criait de son côté :

— Rassurez-vous ; c'est moi !

— Qui vous ? répondait-elle. Je ne connais que mon mari, et il est actuellement en campagne. Vous êtes un malheureux ; sachez que je suis une honnête femme, et sortez bien vite, ou j'appelle tous les voisins.

Michel, à ce discours, ne se sentait pas de joie.

— Oui, reprit-il tout transporté. Oui, vous êtes une brave et loyale femme, je le vois bien ; et plus je vous connais, plus je vous aime. Mais, ma belle amie, vous m'aviez éveillé trop tôt, il n'est pas encore minuit, et je viens me recoucher.

Elle lui répondit avec un ton de douceur charmant :

— Ah ! sire, excusez mon extravagance. J'aurais bien dû reconnaître votre voix, puisque je ne connais qu'elle ; mais je ne vous attendais pas, et j'ai été, je vous l'avoue, si troublée de sentir quelqu'un à côté de moi... ; doux ami, me le pardonnerez-vous ?

A ces mots, elle s'approcha de lui pour l'embrasser. Je ne puis vous dire tout ce que l'innocent lui fit de caresses. Enfin, il s'endormit jusqu'à ce que le guetteur, en cornant le jour, l'ayant réveillé, il se leva pour partir. Mais, obligé de s'habiller à tâtons, il fit un plaisant quiproquo ; car il prit, sans s'en apercevoir, la culotte du clerc, et sortit ainsi.

L'autre, qui, par ce départ, se trouvait libre de pouvoir aussi se retirer et qui avait à craindre, s'il attendait plus longtemps, d'être aperçu des voisins, vint prendre congé de la dame, et, après quelques tendres adieux, il chercha sa culotte pour partir.

— Que vois je ? s'écria-t-il, tout est perdu, nous sommes découverts ; voilà les culottes de Michel !

La dame, à ces paroles, parut d'abord interdite ; mais un instant de réflexion lui

suffit pour la remettre ; et elle assura son
ami qu'il pouvait être tranquille sur l'événement. Seulement, elle lui demandait ce
qui était dans ses poches ; puis, elle alla
lui chercher d'autres culottes, l'embrassa
tendrement et le fit sortir.

Quelques moments après, elle se rendit
au couvent des Franciscains, et avec un ton
de candeur et de naïveté, auquel vous eus-
siez été pris vous-même, elle dit au frère
portier que, mariée depuis plusieurs années
et, malgré tout son désir, n'ayant pu avoir encore d'enfants, on l'avait assurée que les culottes de l'ordre séraphique possédaient,
par le don du ciel, une vertu capable de la
faire concevoir, si elles étaient mises à son
chevet, une nuit seulement ; en conséquence,
elle venait prier le frère que lui, ou quelqu'un des dignes pères, voulût bien par cha-
rité lui en prêter une. Cette demande, malgré l'air de bonne foi avec lequel elle
paraissait faite, était en apparence si ridicule
que le moine crut qu'on voulait se moquer

de lui. Cependant, lorsqu'il vit qu'on l'accompagnait de quelque argent, il se laissa convaincre, et alla chercher une de ses braies.

Michel, pendant ce temps, était à Meung, où il faisait des achats. Le marché fini, il s'en vint dîner avec d'autres bourgeois et marchands de sa connaissance; mais le fâcheux de l'aventure, ce fut, quand il fallut payer, et que Michel, cherchant sa bourse, ne trouva dans sa poche qu'un écritoire, un canif, une plume et le parchemin du clerc. Il entra dans une colère épouvantable. Cent fois il appela sa femme catin, et il retourna tout de suite à Orléans pour se venger.

Dès qu'il fut entré chez lui, il dit avec des yeux enflammés de colère:

— Oh! çà, femme si prude, vous n'ignorez pas sans doute pourquoi je reviens.

Elle ne parut nullement effrayée de ce débat, et répondit en riant:

— Oh! je m'en doute; mais puisque vous avez fait l'étourderie de les emporter à

Meung, vous prendrez la peine s'il vous plaît de les reporter aux Cordeliers.

Alors elle lui répéta l'histoire qu'elle avait fabriquée, et son envie d'avoir un enfant, et sa dévotion aux braies de l'ordre de Saint-François ; en un mot, tout ce qu'elle avait été dire au frère portier.

La première idée de Michel fut de se défier de ces mauvaises excuses, qui ne paraissaient que trop clairement suggérées par la nécessité. Il crut faire un coup de maître d'aller à l'instant même au couvent vérifier le fait. Mais vous devinez ce qui arriva.

Le moine, trompé le premier, avoua qu'une femme de bien, faite de telle et telle manière et fort dévote à saint François et à son saint ordre, était venue demander une des culottes des bons pères, et que lui-même, quelque indigne qu'il fût, avait prêté les siennes.

— Ah ! frère, s'écria le mari, Quel service vous me rendez ! Sans vous ma femme était morte ; je la tuais.

Il s'en retourna chez lui au comble de la joie, fit cent mille excuses à sa moitié des soupçons qu'il avait conçus, et promit de lui faire oublier, à force d'attentions et de bons procédés, cette querelle injuste.

Parvenue ainsi à s'emparer de la confiance de son mari, la dame jouit longtemps de la liberté que lui acquit cette aventure. Elle alla, vint, sortit, vit qui bon lui sembla ; jamais l'imbécile n'eut seulement une fois l'idée de s'en plaindre.

(Traduit d'un TROUVÈRE du XIIᵉ siècle.)

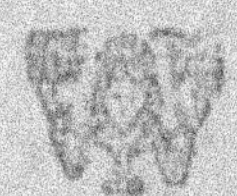

IV

RUSE POUR RUSE

L y avait jadis dans la Lunigiane, pays voisin du nôtre, un monastère célèbre par sa sainteté et habité par un grand nombre de moines.

Parmi les religieux de ce monastère, il y avait entre autres un jeune moine, dont la sève et la verdeur avaient résisté à jeûne et à vigile. Un jour, il était environ midi, tous les moines dormaient. Lui seul était éveillé, et il se promenait autour du cloître solitaire. Il aperçut une jeune fille extrêmement belle, sans doute la fille de quelque paysan du voisinage, qui courait les champs en ramassant des herbes.

A sa vue, ses sens, un moment engourdis, reprirent toute leur énergie. Il s'approcha, parla à la jeune fille, et, d'un propos à un autre, il fut assez adroit pour en arriver où il voulait ; il s'entendit très bien avec elle, et il l'emmena dans sa cellule, sans que personne s'en aperçût.

Mais l'amour et la prudence font mauvais ménage. Fou de désirs, notre religieux s'amusait inconsidérément, lorsque l'abbé, ayant fini son somme, vint à passer devant la cellule ; il s'approcha à pas de loup et constata qu'il y avait une femme dans ladite cellule.

Il voulut d'abord se faire ouvrir, mais il réfléchit qu'il était préférable d'agir plus discrètement. Il remonta dans sa chambre pour attendre que le jeune moine quittât la sienne.

Celui-ci, tout occupé de la paysanne, avait

cependant prêté l'oreille, et ayant entendu marcher dans le couloir, il avait mis l'œil au trou de la serrure. Il avait parfaitement vu l'abbé, l'oreille collée contre la porte; aussi s'était-il dit avec raison que sa peccadille était découverte.

Un nuage de tristesse assombrit son front, car il appréhendait une punition grave. Cependant, il dissimula son chagrin à la jeune fille, et ne songea qu'à trouver une planche de salut. Le démon lui inspira en ce moment une ruse adroite.

Il fit semblant d'être resté assez longtemps avec la jeune fille et lui dit :

— Je veux te faire sortir d'ici sans que tu sois vue. Pour cela attends-moi tranquillement jusqu'à ce que je revienne.

Il sortit, ferma la porte à double tour, et vint, selon l'usage, présenter à l'abbé la clef de la cellule.

— Messire, lui dit-il, je n'ai point eu le temps de faire serrer ce matin tout le bois que j'ai fait couper. Je vais donc, si vous le voulez bien, aller à la forêt pour m'en occuper.

L'abbé ne se douta pas que le moine se savait découvert. Il en fut heureux, car il pensait bien découvrir dans la cellule des traces du larcin ; il donna au moine l'autorisation qu'il lui demandait, et, dès qu'il fut parti, il se mit en mesure de réunir des preuves. Valait-il mieux faire ouvrir la cellule, à la face de tous, pour faire un exemple ? Valait-il mieux apprendre la vérité de la bouche même de la jeune fille, qui, après tout, pouvait être celle d'un homme considérable et qu'il aurait été regrettable de désobliger ?

— Voyons d'abord qui elle est, se dit-il.

Il se rendit tout doucement à la cellule, ouvrit la porte sans bruit et la referma avec précaution.

La jeune fille, à la vue de l'abbé, se troubla, rougit, devint honteuse et pleura, tandis que l'abbé, l'ayant regardée furtivement, la trouvait fraîche, jolie, et, malgré ses cheveux blancs, sentait se réveiller en lui des désirs qu'il croyait bel et bien éteints.

— Après tout, se dit-il, je puis prendre du plaisir. Pourquoi donc ne le ferais-je pas ? J'ai bien assez, tous les jours, de tracas et de privations ! Voici une enfant adorable : personne ne la croit ici. Tâchons d'obtenir ses faveurs, si nous le pouvons. On n'en saura rien, et faute dissimulée est aux trois quarts pardonnée. Qui sait si je trouverai jamais une occasion pareille ? Ne fuyons pas les bienfaits de Dieu quand il nous les envoie.

Au lieu donc de réprimander la paysanne, il s'approche, lui prodigue de douces et de tendres consolations, et, de fil en aiguille, il lui avoue sa flamme.

La jeune fille n'était ni de fer ni de diamant, elle se soumit sans murmurer à la volonté du bonhomme, qui l'étreignit dans ses bras, l'embrassa à plusieurs reprises et fut bientôt avec elle sur la couchette du moine.

Celui-ci, au lieu d'aller au bois, était allé

se cacher dans le dortoir. Lorsqu'il eût vu l'abbé entrer dans sa cellule, son cœur se dilata de joie, surtout en entendant fermer la porte intérieurement. Il colla son œil le long d'une fente et aperçut l'abbé en train de se divertir. Dès que le vieillard eut terminé ses ébats, il sortit, referma la porte à double tour et retourna chez lui.

Bientôt après arriva le moine, et il se disposa non seulement à le réprimander, mais encore à le mettre au cachot, pour pouvoir plus aisément revenir savourer le fruit défendu. Il commença par le gourmander sévèrement et donna l'ordre de le conduire au cachot.

Alors le moine :

— Messire, je ne connais pas encore bien toutes les règles de saint Benoît, j'y suis entré depuis trop peu de temps. J'ignorais que les moines dussent se priver de femmes, comme ils se privent de nourriture et de sommeil; mais, pardonnez-moi pour cette fois, et je vous promets de ne plus retomber en ce péché ; je ferai toujours comme je vous ai vu faire.

L'abbé était un homme d'esprit. Il vit immédiatement qu'il avait été, à son tour, surpris par le moine, et il ne voulut pas infliger à ce dernier un châtiment qu'il méritait au même titre.

Il lui accorda son pardon et lui recommanda le silence le plus complet, puis tous deux firent sortir sans bruit la paysanne; il est probable qu'ils la firent souvent rentrer depuis.

Boccace.

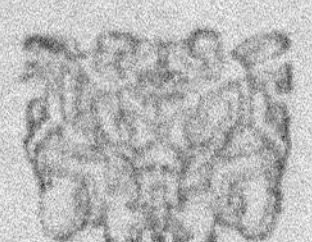

V

ANECDOTES PLAISANTES

ET MENUS PROPOS

MOINES ET NONNAINS

Puisque Triboulet a eu crédit dans les meilleures compagnies et que ses facéties furent souventefois excellentes, il nous a semblé bon de lui donner pour compagnon un certain plaisant des mieux nourris en la cour de son roi.

Ce plaisant, voyant le roi en perplexité de recouvrer argent pour subvenir à ses guerres, lui ouvrit deux moyens dont peu d'autres que lui se fussent avisés :

— L'un, dit-il, sire, est de faire votre charge de roi alternative, comme vous avez fait pour beaucoup de charges en votre royaume. Ce faisant, je vous en ferai toucher deux millions d'or et plus.

Je vous laisse à penser si le roi et les seigneurs qui y assistaient rirent de ce premier moyen : desquels, pensant mettre ce fol en haute gamme, lui demandèrent :

— Eh bien, maître fol, est-ce tout ce que tu sais de moyens propres à recouvrer finances.

— Non, non, répondit le fol (se présentant au roi, j'en sais bien un autre aussi bon et meilleur, c'est de commander, par un édit, que tous les lits des moines soient vendus par tous les pays de votre obéissance, et les deniers apportés ès coffres de votre épargne.

Sur quoi le roi lui demanda en riant :

— Où coucheraient les pauvres moines, quand on leur aurait ôté leurs lits?

— Avec nonnains.

— Voire mais, répliqua le roi, il y a beaucoup plus de moines que de nonnains.

Adonc le compagnon eut sa réponse toute prête, et ce fut qu'une nonnain en logerait bien une demi-douzaine pour le moins.

— Et croyez, disait ce fol, qu'à cette fin les rois vos prédécesseurs et autres princes, ont fait bâtir en beaucoup de villes les couvents de religieux vis-à-vis de ceux des religieuses.

UN CONTEUR ANONYME DU XVIe SIÈCLE.

* *

LES ÉPOUSSETTES

Mlle d'Amélie, qui a beaucoup acquis de réputation, ayant hanté la cour toute sa vie, était mariée à un impuissant. Elle l'a enduré sans aller à Notre-Dame des Aides, ou, pour mieux dire, à la Cour des Aides. Elle n'a tout ce temps rien dit, et si, on ne voyait en rien son désastre tant, elle faisait bonne mine.

Ce premier mari lui a duré dix ans, il

faut que vous sachiez cette vérité. Étant mariée à ce bon personnage, la première nuit de ses noces, il la caressa de baisers et de petites mignotises superficielles, et puis mit la main à une paire d'époussettes de soie qui étaient pendues au chevet du lit, et lui épousseta son cas, ce qu'il fit deux ou trois fois et ainsi, les passant et repassant, la contentait sans qu'elle y pensât autre finesse.

Le lendemain, ses amies lui demandèrent comment elle se portait, et ce qu'elle disait de ce bonhomme.

— Vraiment, dit-elle, il m'a épousseté trois fois mon cas.

— Oh ! oh ! dirent-elles. Vous êtes bien, ma mie !

Ainsi font les dames de Paris, et disent à la nouvelle mariée :

— Eh bien ! la jeune femme, comment vous portez-vous ?

» Si d'aventure, elle est bien ointe en sa jointe, elle dira :

— Fort bien, madame; j'ai un bon mari, il me donne tout ce que je demande; si je voulais manger de l'or, il m'en donnerait.

Mais si elle est mal servie :

— Aidez ! dit-elle. Mon mari est un grogneux; il est chiche, et ne fait que penser à son avarice. Hélas ! voyez, voilà grande pitié.

Celle-ci n'était si fine; elle ne savait ce que c'était et s'ébahissait comment les femmes faisaient si grand cas de si peu de chose qu'elle estimait moins que rien, encore qu'au dire des dames, ce fût beaucoup d'excellence : je vous laisse à penser ce qu'elle jugeait de l'entendement des autres. Il advint que ce bon mari fut malade, et, se voyant près de sa fin, fit son testament et donna à sa femme sa maison, ainsi qu'elle se comportait, meubles et tout; puis il trépassa, comme dit l'autre, dont elle fut en grande angoisse, parce qu'outre cela, il était le meilleur petit bonhomme qui fut d'ici au saut d'une puce armée.

Quelque temps après, un brave jeune dispos se mit à rechercher cette jeune veuve, qui, au commencement, n'en fit cas, n'ayant affaire de rien. Ainsi estimait-elle peu le bien que peut faire un homme, qui est plus grand que jamais père et mère n'en firent; cela, qui est le bien des autres, ne l'émouvait point.

Or, ce que l'amour ne put exciter, l'ambition l'éveilla en celle-ci; d'autant qu'elle considéra que ce jeune homme avait un beau chausse-pied de mariage, qui serait cause qu'étant mariée à lui, elle passerait devant ses sœurs; par quoi, y pensant, elle consentit au mariage tant désiré par le jeune homme.

Ils furent donc mariés aux us et coutumes du pays, ainsi que le prêtre leur dit et leur acheva ainsi la benoîte cérémonie :

— Vous, Claude, vous promettez bien d'aimer Marie ? Marie, au cas semblable, gouvernez bien votre mari Claude, autant sain que malade, etc.

Cela promis, la belle emmena son jeune
mari en sa maison, où elle lui fit bonne
chère ; puis ils couchèrent ensemble au même
lit, où le bonhomme lui avait épousseté son
cas. Le jeune compagnon n'eut pas la patience d'attendre, mais se juche sur elle qui
se trouve scandalisée de cette façon :

— Quoi ! dit-elle, me voulez-vous outra-
ger ? Êtes-vous fou ou enragé ?

— Je veux vous faire comme votre défunt
mari faisait.

— Il ne faisait pas ainsi ; il prenait ces
époussettes et m'en époussetait ; il ne me
foulait pas comme vous faites, il passait
et repassait ces époussettes sur la prée de
ce petit fossé que j'ai en contre-bas.

— Vraiment, c'est cela ? Laissez-moi faire,
je l'entends mieux que lui, il n'était pas
clerc.

Elle s'y accorda, et comme elle sentit
l'embouchement entre les hypocondres,
chose toute nouvelle :

— Hélas ! crie-t-elle, mon ami (pensant

aux époussettes), je crois que vous avez mis le manche dedans.

Voilà comment il l'accommoda et s'en vanta.

BÉROALDE DE VERVILLE.

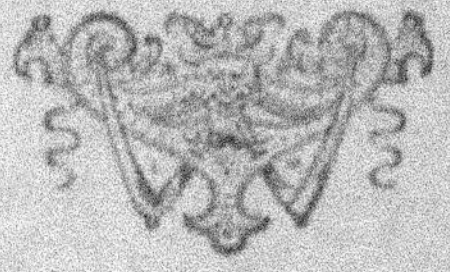

TABLE

Paris. — Soc. d'Imp. PAUL DUPONT (Cl.) 124.3.88.